PIETJE PRINSES

KABOUTERTJES BESTAAN WÉL!

Van Mirjam Mous zijn verschenen:
Alle Dagen Hartstikke Druk
Prinses voor eventjes dan
Ouders te koop
De juf is een heks
Harige Harrie
Pistolen Paula
Een loeder van een moeder
Soep met een luchtje
Toontje prins
Vigo Vampier – Een bloedlink partijtje
Vigo Vampier – Een bloeddorstige meester
Vigo Vampier – De bloedneusbende
Vigo Vampier – Het bos van Bloedbaard

Wil je meer lezen over Pietje Prinses, lees
dan ook: *De Spiegeltje Spiegeltje Verkiezing*

Mirjam Mous

Pietje Prinses

Kaboutertjes bestaan wél!

Met tekeningen van Marja Meijer

Van Holkema & Warendorf

NEDERLANDSE
KINDERJURY
2005

AVI-niveau: 7

ISBN 90 269 9815 5

NUR 283

© 2004 Uitgeverij Van Holkema & Warendorf,
Unieboek BV, Postbus 97, 3990 DB Houten

www.unieboek.nl

Tekst: Mirjam Mous
Tekeningen: Marja Meijer
Omslagontwerp: Petra Gerritsen
Zetwerk: ZetSpiegel Best

Inhoud

Stuntvrouw

Broem, broem!

Pietje Prinses rijdt op haar elektrische step-je door de slaapkamer. Ze heeft een lakei ge-vraagd om het motortje op te voeren. Nu kan ze lekker hard.

Broem, naar de stereotoren. Broem, een rondje om het bed.

Geen kunst aan, denkt Pietje.

Weet je wat? Ze gaat een hindernisbaan maken!

Vlug legt ze de step op de grond en loopt naar de kast. Ze trekt er een hoop boeken uit zodat ze een lege plank heeft. Dan tilt ze hem van de draagdopjes en zet hem schuin tegen het bed.

Even voelen.

Ja, stevig.

Ze gaat weer op haar step staan en geeft flink gas. Met een vaartje rijdt ze op de plank af. Huppekee, ze stuurt haar voorwiel de plank op. Broem. Ze is al halverwege.

Het gaat fantastisch, ze is een geweldige stuntvrouw!

Hoger en hoger gaat ze. Broem, broem. Ze is nu bijna bij het bed.

O jee. De wielen raken los van de plank en Pietje zweeft ineens door de lucht.

Ik vlieg over het bed heen! denkt ze nog.

Maar het bed van een prinses is zo'n twee meter breed en Pietje begint nu al te dalen.

Ze klemt haar vingers om het stuur tot haar knokkels er wit van zien.

Oei, ze houdt hem niet meer! De step slaat uit haar handen en gaat er in zijn eentje vandoor.

Ploef. Pietje landt veilig op het zachte bed.

De step niet. Die vliegt een ietsepietsie verder.

Bam! Hij klettert zo hard tegen de muur dat er een deuk in komt. Een witte wolk van stucwerk dwarrelt omlaag.

Sjoef. Dan ligt de step op de grond. De wielen draaien nog even na.

Chips, denkt Pietje en ze laat zich van het bed glijden. Als hij maar niet stuk is!

'Petronella!' wordt er opeens keihard geroepen.

Pietje heeft niemand binnen horen komen. Ze krijgt bijna een hartverzakking.

'Ben je helemaal gek geworden?' Het is Pietjes moeder en ze is zo rood als een biet.

Pietje tilt haar step op en kijkt of hij het nog doet. 'Maak je niet druk,' zegt ze. 'Hij is nog heel.'

'Nog héél?' De koningin gaat op het bed zitten en grijpt naar haar borst. 'Je hebt geluk dat jij nog heel bent.' Ze zucht. 'Petronella, Petronella.'

Ik heet Pietje, denkt Pietje. Maar waarschijnlijk is dit niet het moment om daarover te beginnen.

'Heb je je geen pijn gedaan?' vraagt de koningin nu wat rustiger.

'Nee hoor. Ik viel lekker zacht op het bed.'
Pietje gaat weer op haar stepje staan. 'Als ik
achttien ben, wil ik wel een motor.'

'Van zijn levensdagen niet.' De koningin
begint zich weer op te winden. 'Moet je die
muur zien!'

Broem, broem. Pietje rijdt naar haar moeder.

Dat had ze beter niet kunnen doen.

De koningin pakt het stuur vast. 'Voorlo-
pig wordt er niet meer gestept.'

'Maar ma-am!' roept Pietje.

'Niks mam.' De koningin kijkt streng. 'Huisarrest. In het torenkamertje.'

Ai, is die even boos. Pietje wordt bijna nooit naar het torenkamertje gestuurd. Alleen als ze iets heel ergs gedaan heeft. En haar zus Priscilla hoeft er al helemaal nooit naartoe; die is zo braaf.

'Maar...' begint Pietje.

'Nu!'

Chagrijnig sloft Pietje naar boven. Driehonderddrieëndertig treden op.

In het torenkamertje

Bah, wat ruikt het bedompt in het torenkamertje. Pietje zet het raam wagenwijd open
en gaat in de vensterbank zitten. Beneden
ligt de hoftuin en daarachter de koninklijke
velden. In de verte draaft haar paard
Sneeuwvlok. Een kleine witte stip in een zee
van groen.

Zij wel, denkt Pietje jaloers.

Het torenkamertje is veel te klein om in
rond te rennen. Het staat volgepakt met
dozen waar oude kleren van de koning en
de koningin in zitten. En jurken van toen
Pietje en Priscilla nog klein waren. Soms
mogen ze er iets uit kiezen als ze een to-
neelstukje willen doen. Maar in je eentje is
er niks aan om toneel te spelen.

Klimmen dan maar, denkt Pietje. Ze is dat
stilzitten meer dan zat.

Voorzichtig zet ze haar voet op de kleinste

doos. Hij kraakt gevaarlijk en zakt een beetje in. Hup, gauw naar de volgende. Soms moet ze een doos verschuiven zodat haar voet net op het randje past. Hup, hup. Algauw zit ze boven op de dozenberg, zo'n drie meter van de grond af.

Op handen en voeten kruipt ze verder. Een heel eind van de deur vandaan.

Eigenlijk moet ze zich hier verstoppen. Dan schrikt haar moeder zich een rotje als ze binnenkomt. De wonderbaarlijke verdwijning van Pietje, hihi.

Hé, wat is dat voor een raar geval? Tussen de dozen staat een koffer. Pietje heeft hem nog nooit gezien. Ze gaat op haar buik liggen en begint aan het handvat te sjorren. Hij weegt bijna niets. Ze weet hem omhoog te trekken en schuift hem op een paar dozen naast haar. Wat zou erin zitten? Haar handen trillen van opwinding als ze aan het slot morrelt.

Chips, hij gaat niet open.

Dan zit er vast iets heel bijzonders in!

Ze schuift de koffer voor zich uit, naar de rand van de dozenberg. Dan geeft ze hem een duw zodat hij met een plof naar beneden kukelt. Nu maar hopen dat er niets breekbaars in zit.

Vlug klimt ze naar beneden en gaat in kleermakerszit bij de koffer zitten. Ze rukt en trekt, maar het deksel blijft dicht. Chips! Had ze haar gereedschapskist maar hier, dan kon ze het met een schroevendraaier proberen.

Klop, klop.

Dat is Priscilla natuurlijk. Die klopt ook altijd netjes voordat ze Pietjes kamer in komt.

De deur gaat open en inderdaad: haar grote zus komt met een dienblad binnen. 'Ik heb iets te eten voor je.'

Pietje snuift. 'Brrr, ik ruik het al, koninginnensoep. Neem maar weer mee.'

'Sorry hoor.' Priscilla trekt een vermoeid gezicht als ze het blad op de grond zet. 'Maar weet je wel hoeveel moeite het heeft gekost om hem zonder knoeien naar boven te brengen? Driehonderddrieëndertig treden op!'

Pietje haalt haar schouders op. 'Ik lust niks wat naar pies stinkt.'

'Ik heb ook nog een toetje.' Priscilla vist een puddinkje uit de zak van haar jurk.

'Super,' zegt Pietje. Ze pakt het aan en zet het naast zich op de grond. 'Moet je zien wat ik heb gevonden.'

Priscilla kijkt afkeurend. 'Wat moet je met die vieze oude koffer?'

'Openmaken!' antwoordt Pietje. Ze staart naar de enorme bos haar van haar zus. 'Geef eens een speldje.'

Priscilla plukt er eentje uit haar haren. 'Alsjeblieft.'

Pietje steekt het in het slot. Draaien, wriemelen. Wat een gepriegel! Draaien. Klik.

'Yes!'

Maar al rukt ze nog zo hard, de koffer blijft dicht. 'Rotding!' Ze geeft hem een oplawaai met haar voet.

Plok! De koffer springt open.

'Hè,' zegt Pietje teleurgesteld. 'Er zit niks in.'

'Hij is veel groter dan je aan de buitenkant zou denken.' Priscilla buigt voorover en glijdt met haar handen over de fluwelen voering. 'Ik voel iets.'

'Misschien zit er toch iets in, maar dan verstopt!' roept Pietje. Ze kruipt meteen in de koffer en begint te voelen.

'Hij is echt enorm,' zegt Priscilla. 'Ik kan er gemakkelijk bij.'

'Help dan mee zoeken.' Pietje klopt op de bodem.

Priscilla aarzelt even. 'Vooruit dan.'

Nu zitten ze samen in de koffer. Priscilla strijkt over hetzelfde plekje als daarnet. 'Ik weet toch zeker dat ik iets voelde, iets van een… knopje.'

Tik! Zodra ze op het knopje drukt, springen er twee vleugels uit de zijkant van de koffer. Ze lichten op en beginnen zoevende geluidjes te maken.

'Wat gebeurt er?' Priscilla wil uit de koffer klimmen.

'Blijf zitten,' fluistert Pietje. 'We stijgen op.'

'We stijgen op???' Priscilla spert haar ogen open.

De koffer gaat langzaam omhoog en broemt zacht. De vleugels bewegen sneller en sneller.

'Ik wil eruit!' roept Priscilla bang.

Maar ze kan niet meer uitstappen zonder een been te breken. De koffer hangt al een paar meter in de lucht. Hij zweeft recht op het openstaande raam af.

'We gaan vliegen!' Pietje heeft kriebels in haar buik. Lekkere kriebels. Het is net alsof ze op de kermis is.

Zoefff! De koffer duikt over de vensterbank en stort zich naar beneden. Priscilla wordt tegen Pietje aan gedrukt. 'Help!'

'Au,' zegt Pietje. 'Knijp mijn vingers er niet af.'

Maar ze schrikt toch ook als ze de grond op zich af ziet suizen. Ho!

De koffer herstelt zich met een schok. Zijn voorkant wijst niet langer naar beneden, maar wipt omhoog. Dan klimt de koffer in de richting van de zon. Priscilla slaat gillend haar handen voor haar ogen. Pietje tuurt over de rand. Het paleis wordt kleiner en kleiner. Van haar paard Sneeuwvlok is al niets meer te zien.

Zo is het wel hoog genoeg, denkt Pietje. Anders bevriezen we.

Het is alsof de koffer gedachten kan lezen. Meteen vliegt hij weer recht. Ze blijven nu op dezelfde hoogte.

Pfff.

Priscilla durft nu ook voorzichtig naar beneden te gluren. 'Waar gaan we naartoe?' vraagt ze angstig. 'En hoe komen we weer thuis?'

Maar Pietje weet het ook niet.

Ze vliegen over bossen en bergen. Over de kale, zwarte Heksenheuvel met het Spiegelpaleis op de top. Een kale vlakte, een paar bomen en dan een waterval. De rivier waarin hij neerstort, slingert als een zilveren lint door het landschap heen.

Na een tijdje gaat het schemeren en zien ze steeds minder. De wind heeft Priscilla's haar losgewaaid, zodat het woest rond hun hoofden zwiept. Hun ogen tranen van de kou. Ze zitten dicht tegen elkaar aan en staren nu omhoog. Naar de maan die als een schimmelkaas aan de hemel staat. Rond en vol, met blauwe adertjes erin. Plonk, plonk, doen de sterren.

Pietje krijgt een houten kont. En honger. Had ze dat puddinkje maar meegenomen!

Ik wilde dat we er al waren, denkt ze.

En dan, eindelijk, zet de koffer de daling in.

Knibbel knabbel huisje

Met een plofje komt de koffer op de zachte bosgrond terecht. Priscilla is nog nooit zo snel geweest. In een ommezien staat ze veilig op het mos. 'Kom nou,' zegt ze zenuwachtig. 'Voordat hij weer wegvliegt.'

Maar de koffer is niet van plan er weer vandoor te gaan. De vleugels klappen in, er klinkt nog een zuchtje en dan is hij stil.

Pietje springt eruit en slaat het deksel dicht. 'Waar zouden we zijn?'

Gelukkig stikt het van de vuurvliegjes, anders konden ze geen hand voor ogen zien. Dan ziet Pietje een huisje tussen de bomen staan. 'Misschien woont daar iemand die ons kan helpen.'

Priscilla klopt op de deur. Niemand doet open.

Pietje probeert door het raam te kijken, maar het is ondoorzichtig. Het lijkt wel van suiker!

Priscilla frunnikt aan de muur. 'Oeps.' Ze heeft ineens een baksteen vast.

'Wat een bouwval,' zegt Pietje. 'Geen wonder dat het leegstaat.'

Priscilla zwijgt, ze maakt smakgeluidjes.

'Wat doe jij nou?' Pietje kijkt verbaasd naar haar zus, die op de steen sabbelt.

'Hwij wis vwan kwoek,' antwoordt Priscilla met volle mond.

'Kwoek?' Pietje snuift en dan ruikt zij het ook. Dit huisje ruikt naar een snoepwinkel. Het is een knibbel knabbel huisje! Meteen breekt ze een stuk van de goot af en bijt erin. Mmm. Drop!

Ze smikkelen en smullen tot Priscilla ineens met een klein stemmetje zegt: 'Misschien woont hier wel een heks.'

'Dan is ze in elk geval niet thuis.' Pietje stopt een toffee achter haar kiezen en loopt naar een vijvertje met cola erin.

'Maar als ze nou thuiskomt?' Priscilla kijkt bang om zich heen.

'Heksen eten geen Priscilla's en Pietjes, alleen Hanzen en Grietjes.' Maar Pietje voelt toch kippenvel in haar nek. Ze neemt gauw een slokje cola en zegt dan: 'Laten we vlug de koffer vol met snoep stoppen. Je weet nooit hoe lang we zonder eten moeten doen. Dan gaan we daarna weg.'

Meteen beginnen ze een stuk van de muur te slopen. Toverballen, nootjes, krakelingen. Alles verdwijnt in de koffer.

'Knibbel knabbel knuisje, wie knabbelt daar aan mijn huisje?' klinkt er ineens een krakerige stem.

Priscilla springt bijna een meter de lucht in. Pietje heeft het gevoel dat er tien muizen over haar rug rennen.

Uit de struiken komt een heks met een zaklamp. Ze is zo rond als een tonnetje en heeft armen zo dik als olifantenpoten.

Zeker te veel gesnoept, denkt Pietje.

Priscilla staat te trillen op haar benen. Ze heeft alle lekkernijen uit haar handen laten vallen en plukt zenuwachtig aan haar jurk. 'Sorry mevrouw. We wisten niet dat u hier woonde, we dachten dat het huisje van niemand was. En we hadden zo'n honger.'

'Ik heb ook honger.' De heks komt voetje voor voetje dichterbij.

Ze wil ons opeten, denkt Pietje. Ze raapt gauw een groot stuk taaitaai op en houdt het in de aanslag. Als het moet, slaat ze dat mens ermee op haar kop.

De heks staat stil en kijkt Pietje en Priscilla aan. Dan doet ze haar mond open.

'Nee,' fluistert Priscilla.

Getver! denkt Pietje.

Uit de heksenmond walmt de smerige lucht van rotte tanden.

'Maar ik kán niet meer eten,' zegt de heks. Ze voelt aan haar wang en kreunt. 'Ik heb zo'n kiespijn. Weten jullie niet toevallig een tandarts in de buurt?'

Uit Priscilla's keel ontsnapt een zuchtje.

Pietje laat de taaitaai zakken. Van deze

heks hebben ze niets te vrezen. Eigenlijk is
ze best zielig.

'Het spijt me, mevrouw,' zegt Priscilla. 'Wij
kunnen u niet helpen, want wij zijn niet
van hier. Thuis hebben we wel een hoftand-
arts, maar dat is heel ver weg.'

De heks gaat op een boomstronk zitten.
Het past maar net, haar dikke billen han-

gen er aan alle kanten overheen. Ze ziet er zo treurig uit dat Pietje medelijden krijgt.

'Waar doet het zeer?' vraagt ze.

De heks wijst ergens achter in haar stinkende mond. 'Die is het, geloof ik.'

Vooruit dan maar. 'Hebt u een touwtje? Dan kan ik u misschien wel helpen.'

De heks tilt haar rok op en bestudeert haar gestreepte kousen. Aan de bovenkant zit een draadje los. Ze trekt eraan. De kous wordt kleiner, het draadje langer. Dan windt ze het om haar vinger en breekt het af. 'Is dit wat?'

Pietje knikt en pakt het draadje aan. 'Neem jij die zaklamp,' zegt ze tegen Petronella, 'dan kun je me bijlichten.'

Priscilla houdt zo onopvallend mogelijk haar hand voor haar neus. In de andere heeft ze de zaklamp, waarmee ze in de mond van de heks schijnt.

Pietje zou haar neus ook wel willen dichtknijpen, maar ze heeft allebei haar handen nodig. Daarom probeert ze maar door haar mond adem te halen. 'Verder open.' Ze stopt haar vingers tussen de vlezige lippen van de heks en bindt het draadje om de zere kies. Het is een heel gepriegel voordat het eindelijk vastzit. 'Klaar.' Ze veegt haar handen af aan haar jurk. 'Blijven zitten.'

Ze neemt het uiteinde van het draadje in haar hand en begint eraan te rukken.

'Auwauwauw,' kermt de heks.

Plok!

Pietje valt bijna achterover als de kies er ineens uit schiet.

De heks voelt met een stralend gezicht aan haar wang. 'Het is weg! De pijn is weg!' Ze gaat staan en waggelt op Pietje af. 'Dank je wel, kind.'

'Het is al goed.' Pietje doet gauw een stapje achteruit. Bij een heks zónder kiespijn kun je niet voorzichtig genoeg zijn.

'En voortaan wel uw tanden poetsen.' Priscilla klinkt als een schooljuffrouw.

'Hoe kan ik jullie belonen?' vraagt de heks. 'Jullie mogen eten zoveel je maar wilt, of willen jullie soms blijven slapen?'

Pietje denkt aan gloeiende ovens en hokjes met tralies waarin je kinderen gevangen kunt zetten. 'Dat hoeft niet,' zegt ze gauw. 'Maar misschien mogen we uw zaklamp houden?'

'Natuurlijk, kindje.'

'En hebt u toevallig een mobieltje?' bedenkt Pietje ineens. 'Dan kunnen we naar huis bellen.'

Priscilla glimt meteen als een spiegeltje. 'Ja, dan haalt papa ons wel op!'

De heks knikt en gaat haar huisje in. Even later komt ze terug met een knalroze telefoon.

'Geweldig!' Pietje klakt met haar tong.

Eerst een nul...

Chips, de toets blijft aan haar vinger plakken. Als ze hem loslaat, komt er een gummiachtige sliert mee. 'Dat ding is van kauwgom,' moppert ze.

'Ik heb er ook nog eentje van zoethout,' zegt de heks. 'Willen jullie die?'

Priscilla bijt teleurgesteld op haar lip. 'Nee, dank u wel.'

'Dan moeten jullie het zelf maar weten.' De heks raapt wat snoep van de grond en propt het in haar mond.

Dadelijk heeft ze wéér kiespijn. Pietje wil zo snel mogelijk weg.

'Ga je mee?' vraagt ze aan Priscilla.

Die knikt. Ze schijnt met de zaklantaarn op de koffer.

Nog een geluk dat die lamp niet van snoep is!

Pietje slaat het deksel dicht en sleept de koffer mee aan het handvat.

'Dag mevrouw!' roept Priscilla.

Maar de heks maakt alleen nog knagende geluiden.

Nachtmannetjes

'Hoe weten we nou welke kant we op moeten?' vraagt Priscilla. Ze laat een bibberige
streep licht op het pad schijnen.

'Weet ik het? Volgens mij kwamen we
daarvandaan.' Pietje kan alleen maar aan
die rotkoffer denken. Had hij maar wieltjes
in plaats van vleugels, dan kon ze hem
vooruittrekken. Hij is te groot om te dragen,
dit houdt ze nooit lang vol.

'Ik kap ermee,' zegt ze ten slotte. Ze laat hem midden op het pad staan en loopt chagrijnig verder.

'Maar straks komen we om van de honger!' Priscilla pakt het handvat en probeert de koffer op te tillen. Ze breekt meteen een nagel. 'O nee, hè, wat een ramp! Moet je nou kijken.' Ze zuigt op haar vinger.

We kunnen het snoep in onze zakken stoppen, denkt Pietje. Maar daar kan nooit zoveel in.

Ze moet iets anders verzinnen waarbij ze de koffer vooruit kan trekken. Had ze maar een touw. Als ze nou geweten had dat ze op reis zou gaan...

Wacht eens! De ceintuur van haar jurk!

Ze maakt het riempje om haar middel los en bindt het aan het handvat. Dan legt ze de koffer plat op de grond en sleurt hem mee. Bonk, bonk. Pietje is een kei in touwtrekken, soms wint ze zelfs van de lakeien. Daar is zo'n koffer niks bij.

Ze lopen al uren.

'Misschien moeten we maar weer gewoon in de koffer stappen en er het beste van hopen,' zegt Pietje.

'Ik ga dus echt die koffer niet meer in.' Priscilla zwaait woest met haar hoofd. 'Voor hetzelfde geld vliegen we de verkeerde kant op en dan zijn we nog verder van huis.'

Tja. Pietje zet de pas er maar weer in.

Het pad wordt smaller en kronkeliger en de bomen staan steeds dichter op elkaar.

'Volgens mij lopen we rondjes.' Priscilla wijst naar een boomstam met rare knoesten. 'Die heb ik al eerder gezien.'

Pietje krabt in haar stekelvarkenhaar. 'Ik denk dat je gelijk hebt. We moeten iets op het pad gooien zodat we kunnen zien waar we geweest zijn. Net als Klein Duimpje, die strooide steentjes.'

Priscilla schijnt met de zaklantaarn op de grond. 'Maar die liggen hier niet. En we hebben ook geen broodkruimels.'

'Maar wel snoep!' Pietje maakt de koffer open en graait er een paar krakelingen uit. 'Hier. Als we daar stukjes vanaf breken en die op het pad strooien?'

Priscilla slaakt een gilletje. 'Wat goed, Piet! En als we ze dan weer zien liggen, weten we dat we verkeerd lopen.'

Pietje trekt de koffer achter zich aan en houdt de zaklamp vast. Priscilla strooit koekkruimels.

'Ik hoor iets,' fluistert ze na een tijdje.

Pietje draait zich bliksemsnel om. Geritsel. Ziet ze daar een paar oogjes blinken?

Nee, niks.

Niks?

'Waar zijn die koekkruimels gebleven?' Pietje staart stomverbaasd naar de grond. Maar waar ze ook schijnt, er is niets te zien.

'Ratten?' Er zit een rare piep in Priscilla's stem.

'Strooi nog eens,' zegt Pietje zachtjes. 'Dan

ga ik in de struiken zitten om te zien wat er gebeurt.'

'Je laat me niet alleen, hoor.'

'Ik ben vlak in de buurt.' Pietje kruipt in de struiken en klikt de zaklamp uit.

'Ik ben bang,' fluistert Priscilla.

'Niet zeuren, strooien.' Pietje houdt het pad goed in de gaten. Stomme ratten, kom maar op.

Weer ritselt er iets. Vlug doet Pietje de lamp aan en schijnt op het pad.

Ze ziet een heleboel zwarte dingen op pootjes wegschieten. Ze zijn harig en hebben gele oogjes. Maar het zijn geen ratten. Die lopen niet op twee benen.

'Blijf!' roept Pietje.

Eén wezentje blijft in de lichtcirkel staan, met zijn handjes in de lucht. 'Niet schiet.' Zijn stemmetje klinkt traag en zangerig. Zijn gele oogjes flitsen zenuwachtig heen en weer.

'Het is maar een zaklamp,' zegt Pietje. 'Geen revolver.'

Ze komt uit de struiken en hurkt op het pad.

Priscilla gaat achter haar staan. 'Wat een liefie!'

'Wat ben jij voor iets?' vraagt Pietje aan het haarballetje.

'Een nachtmannetje. Niet schiet.' Hij schuifelt met zijn voetjes in het zand.

Wat een sufkees. 'Ik schiet niet, dat zei ik toch al?' Pietje tilt het mannetje met duim en wijsvinger op.

Nu spartelen zijn beentjes in de lucht. 'Nachtman in nood!'

Meteen komt er een leger van haarbolle-tjes tevoorschijn. Ze hebben takjes bij zich, die ze als geweren voor zich uit steken.

Pietje giechelt. 'O, wat ben ik bang.'

'Aanvallúh!' roept het nachtmannetje.

De haarbolletjes marcheren op Pietje en Priscilla af. Ze steken met hun stokjes in de enkels van de prinsessen. Prik, prik.

'Niet doen, dat kietelt.' Pietje schudt van het lachen.

Het gevangen nachtmannetje beweegt mee. 'Fliep val, Fliep val!'

'Welnee.' Pietje zet hem op de palm van haar hand. 'Maar jullie zijn ook zo grappig.'

'Grappig?' Fliep kijkt of hij de weg kwijt is.

'Doe nou eens rustig,' zegt Pietje tegen de prikkende haarbolletjes. Ze schuift ze van haar schoenen, zodat ze als dominostenen over elkaar heen vallen.

'Oeps. Tjee. Kijk uit.' Ze krabbelen een voor een omhoog en gaan dan vragend naar Pietje staan kijken.

'Jullie hebben onze koekkruimels opgegeten,' zegt ze. 'Nu weten we nog niet of we in rondjes lopen.'

'Koek, koek!' juichen de nachtmannetjes.

'Straks,' belooft Pietje. 'Eerst moeten jullie ons de weg wijzen. Jullie zijn hier vast bekend. We willen naar huis, langs de waterval, de rivier over en dan voorbij de Heksenheuvel door het Grote Grombos.'

'Weet niet, weet niet.' De nachtmannetjes wijzen naar de krakelingen in Priscilla's hand. 'Koek, koek.'

'Nachtmannetjes die vragen, worden overgeslagen,' zegt Priscilla.

'Foei! Sssjt.' De nachtmannetjes geven zichzelf klapjes.

'Doe even normaal.' Pietje begint de moed te verliezen. Wat een slimmeriken, maar niet heus.

'Normaal, normaal.' Ze houden op met slaan.

'Weet dan niemand waar de waterval is?' vraagt Pietje wanhopig.

'Wie ons de weg wijst, verdient een koek,' verzint Priscilla.

Meteen steken alle nachtmannetjes hun vinger op en roepen door elkaar heen.

'Eén tegelijk!' brult Pietje. Ze geeft een knikje naar Fliep. 'Jij mag het zeggen.'

'Eerst zus en dan zo en dan het Hertenveldje over en dan die kant op en daarna het gele zandpad volg.' Hij hupt op en neer. 'Heb ik gewon?'

Pietje en Priscilla kijken elkaar aan. Dit klinkt als Chinees.

'Ik snap er niks van,' zegt Pietje. 'Er zit maar één ding op: je moet met ons mee.'

'Mee, mee!' Alle nachtmannetjes juichen en springen.

'Eentje is wel genoeg.' Pietje geeft Fliep een stukje koek.

'Fliep heb gewo-honnúh!' roept hij blij.

'Tsss, hij wel.' De andere nachtmannetjes kijken jaloers.

'Mag ik hem?' vraagt Priscilla aan Pietje. 'Het is zo'n scheetje.'

Pietje zet Fliep op de schouder van haar zus, vlak bij haar oor. 'Zeg nou maar hoe we moeten lopen.'

Ze hoopt dat hij niet zo dom is als hij lijkt.

Smak!

'Linksaf,' zegt Fliep. 'Geloof ik.'

Ze slaan het zoveelste zijpaadje in.

'O!' roept Priscilla.

Ze zien een klein kasteel, overwoekerd met rozen. De voordeur staat wagenwijd open.

'Hier kunnen we vast wel logeren.' Pietje stapt naar binnen, een brede hal in. 'Oehoi? Is daar iemand?'

Haar stem weerkaatst tegen de muren, verder blijft het stil.

'Er is niemand thuis,' zegt Pietje.

'Zouden we dan wel naar binnen gaan?' Priscilla blijft aarzelend op de drempel staan. 'Stel je voor dat hier een boze tovenaar woont of zo. Misschien is hij alleen even een wandelingetje maken.'

'Slaapwandelen dan toch,' zegt Pietje stoer. 'Het is midden in de nacht!'

Ze loopt verder de gang in. De koffer schraapt over de stenen vloer.

Hé, daar staat weer een deur open. Ze schijnt met de zaklamp naar binnen. 'Bingo!' roept ze. 'Een slaapkamer.'

Hij lijkt niet op die van een tovenaar, maar van een prinses. Op de muren zijn kroontjes

geschilderd en er ligt een gebloemd kleed op de vloer.

'Vooruit dan.' Priscilla zucht. 'Het is dat ik zo moe ben.'

Pietje parkeert de koffer aan het voeteneinde van het hemelbed. Priscilla zet Fliep op de grond. Hij verdwijnt meteen naar een donker hoekje.

Door de ramen waait een zacht briesje. De gordijnen bewegen zachtjes. Er zitten gaten en scheuren in.

'Hoe komen die zo kapot?' vraagt Priscilla zenuwachtig.

'Heel grote motten?' Pietje is alleen geïnteresseerd in het bed. De lakens zijn een beetje vies en er liggen verwelkte rozenblaadjes op. Ze veegt ze weg en strekt zich uit op het matras. Normaal gesproken zou ze uitproberen of het een goede trampoline is, maar haar armen en benen lijken wel van lood.

'Kom je ook?' vraagt ze aan Priscilla.

Het antwoord hoort ze niet meer.

Smak! Pietje schrikt wakker van iets nats op haar wang.

De snuit van een hond, gokt ze.

Ze gaat overeind zitten en knippert met haar ogen. Naast het bed staat geen hond, maar een prins met zoenlippen.

'Hé!' roept ze.

Maar de prins buigt zich al met een tuit-mond over Priscilla heen. Smak!

Priscilla slaat haar ogen open en kijkt ver-dwaasd rond. 'W-wat... w-waar...'

'Ben je niet lekker?' roept Pietje terwijl ze met haar hand over haar gezicht wrijft. 'Vuilak! Wie denk je wel dat je bent om ons zo af te lebberen?'

De prins friemelt aan de roos in zijn knoopsgat. 'Prins Tsjarming, zo heet ik. Ik heb jullie wakker gekust. Als ik een slapen-de prinses zie, moet ik haar zoenen. Dat is mijn lot.'

Van lotje getíkt, denkt Pietje.

De prins haalt een Labello tevoorschijn en

smeert zijn lippen in. 'Ze zijn het kussen niet meer gewend,' verontschuldigt hij zich. 'In deze omgeving zijn nauwelijks prinsessen te vinden.' Door de gaten in de gordijnen valt zonlicht, zodat zijn met gouddraad versierde pak aan alle kanten flonkert.

Priscilla rekt zich uit. 'Volgens mij heb ik een eeuwigheid geslapen.'

'Dat kan best.' De prins steekt zijn hand uit om haar van het bed te helpen. 'Ik ben wel vaker aan de late kant. Honderd jaar is mijn record.' Dan kucht hij en vraagt verlegen: 'Willen jullie misschien met me trouwen?'

'Ja, doei!' roept Pietje.

'Het spijt me.' Priscilla staart naar de neuzen van haar schoenen. 'Maar ik ben niet verliefd op u.'

De prins zucht teleurgesteld. 'En ik dacht nog wel dat dit mijn geluksdag was.'

Hij schuift het gordijn opzij en kijkt naar buiten. Een wit paard staat met zijn leidsels aan een boom te wachten. 'Dan ga ik maar, een andere slapende prinses zoeken.'

'Doe dat.' Pietje zou hem zo het raam uit willen duwen. Als ze weer aan die vieze natte lippen denkt... Brrr.

'Wees gegroet,' zegt de prins en hij loopt naar de gang.

'En nog bedankt!' roept Priscilla. Ze wuift hem na door het raam tot hij met zijn paard in het bos is verdwenen.

'Waar is Fliep eigenlijk?' vraagt ze dan.

Vanuit een schemerige hoek klinkt klaaglijk gepiep.

'Daar dus.' Als Pietje dichterbij komt, ziet ze twee gele oogjes blinken.

Ze hurkt naast hem en schrikt. De mond van Fliep is rood als bloed!

'Wat heb jij gedaan?' vraagt ze bezorgd.

Dan pas ziet ze de lippenstift in zijn knuistjes.

'Bah,' zegt hij. 'Koek vies.'

'Dat is geen koek, suffie.' Pietje tilt hem lachend op. 'Het is lip…' Met grote ogen staart ze naar de muur. *Help!* staat er in bibberige, bloedrode letters vlak boven de plint.

Dan ziet ze ook een glazen muiltje liggen. Op zijn kant, met een barstje erin.

Ze staat ineens stijf van het kippenvel. 'Pris,' fluistert ze.

'Wat is er?' Zodra Priscilla de letters ziet, snakt ze naar adem. 'I-is dat bloed?'

'Nee, lippenstift.'

'Ik wil hier weg,' fluistert Priscilla en ze bijt zomaar een nagel af. 'Nu meteen.'

Speedboot

'Helpie!' roept Fliep zodra ze buiten komen. 'Niet schiet!' Hij maakt zich zo klein mogelijk.

'Wat is er?' vraagt Priscilla bezorgd.

'Het is een náchtmannetje,' zegt Pietje. 'Ik denk dat hij niet tegen licht kan.'

'Ach schatje, zeg dat dan.' Priscilla stopt hem gauw in de donkere zak van haar jurk.

Pietje plukt een eikenblad van een boom en geeft het aan Fliep. 'Hier heb je een parasolletje, voor als je naar buiten wilt kijken.'

Ze lopen stevig door, terwijl ze voortdurend om zich heen turen.

'Rechtsaf,' roept Fliep slaperig vanonder zijn zonnedakje. 'Denk ik.'

Ze slaan een kronkelweggetje in dat uitkomt op een veldje. Hier bloeien bosanemoontjes en de zon schijnt zo vrolijk dat de donkere slaapkamer ineens ver weg lijkt.

'Wat lief!' Priscilla staart verliefd naar een paar reeën.

'Het Hertenveldje natuurlijk. Zullen we hier ontbijten?' Pietje maakt de koffer open en zoekt wat lekkers uit.

Priscilla voert Fliep stukjes koek. Zelf eet ze niets, dat doet ze 's morgens nooit. Ook al lijkt ze op een soepstengel, ze is doodsbang om dik te worden.

'Op een lege maag kun je niet lopen,' waarschuwt Pietje.

'Ik heb liever een kopje koffie.' Maar toch begint Priscilla op een paar noten te knabbelen.

Als ze klaar zijn, lessen ze hun dorst met sappige bramen en plassen om de beurt achter een boom.

'En nu?' vraagt Pietje.

Uit de zak van Priscilla's jurk komt voorzichtig een harig armpje. 'Die kant op, geloof ik.'

Achter de struiken ligt een geel zandpad.

Nog voor ze er zijn, is Fliep weggedoezeld.

'Slaap, Fliepje, slaap...' zingt Pietje terwijl ze de koffer meezeult.

Priscilla probeert tijdens het lopen de klitten uit haar haren te krijgen.

Twintig liedjes later zwijgt Pietje. 'Ik hoor iets.'

In de verte klinkt onophoudelijk gebulder.

'De waterval?' Priscilla vergeet haar kapsel en maakt een huppeltje.

Als ze dichterbij komen, wordt het lawaai harder. In de lucht hangt een mist van kleine waterdruppeltjes en aan de takken van de bomen groeien mossige baarden.

Het pad maakt een bocht en dan...

'Wauw!' zegt Pietje.

Ze staan voor een enorme rotspartij van wel tien meter hoog. Tegen de glinsterende wand plakken mossen en elk richeltje is met varens bedekt. Vanaf de top dondert een gordijn van water omlaag. Beneden vervolgt het zijn weg in een kolkende rivier. In de lucht erboven schittert een regenboog.

Priscilla's mond valt open. 'Wat een sprookje!'

'Maar hoe komen we aan de overkant?' Pietje schat haar kansen in. Zwemmen is verzuipen. De rivier is zo woest dat ze meteen op de rotsen gekwakt zullen worden.

'We hebben een boot nodig.' Ze kijkt om zich heen. Bomen genoeg, maar zonder haar gereedschapskist valt het niet mee om een kano te maken.

Dan valt haar oog op de koffer.

'We gaan varen,' zegt ze. 'Alleen even twee roeispanen zoeken.'

Ze vindt twee dikke takken langs de oever. Dan maakt ze de koffer open en sleept hem naar een afgeplatte rots. Het snoepgoed en de zaklamp schuift ze in een hoekje. 'Alle vrouwen aan boord.'

Priscilla blijft als aan de grond genageld staan. 'Daar ga ik dus echt niet in.'

Pietje zet haar handen in haar zij. 'Je wilt toch naar huis?'

Priscilla knikt aarzelend.

'Nou dan!' Pietje duwt haar zus zowat in de koffer. Dan gaat ze naast haar zitten en zet de roeispanen schrap tegen de kant. Ze geeft een flinke zet, zodat ze de rivier in glijden.

Plons!

De koffer wiebelt even en begint dan als een tol in de rondte te draaien. Het lijkt wel een speedboot, zo hard razen ze stroomafwaarts. Bonk! tegen een rots. Tak! tegen de oever.

Fliep schrikt er wakker van. 'Helpie!'

Woesj! Een golf water plenst over hen heen. Ze happen naar adem en zien even niets meer. Pietje voelt een ruk aan haar arm. Kraa-aak.

De roeispaan! denkt ze.

Baf! En dan gaan ze weer rond en rond en rond.

'Ik word zeeziek.' Priscilla kreunt.

'Dat kan niet!' schreeuwt Pietje. 'We zijn niet op zee!'

Toch wordt haar zus steeds groener. Straks moet ze nog overgeven.

Alsjeblieft niet ín de koffer, denkt Pietje.

Verder en verder drijven ze. Bonk, tak, bonk!

Dan koersen ze op twee grote stenen af. De koffer wil ertussendoor, maar hij is te breed.

Bonk! Hij zit klem.

Fliep gluurt over de rand van de zak en prevelt onverstaanbare woordjes. Het natte eikenblad plakt als een petje op zijn hoofd.

'Ik ga proberen naar de kant te komen!' schreeuwt Pietje. Ze steekt de overgebleven roeispaan in het water en gebruikt hem als wandelstok. Behoedzaam stapt ze op de steen die het dichtst bij de oever ligt.

Ai, ze glijdt uit en haalt natte voeten.

'Piet!' Priscilla slaat haar handen voor haar gezicht en durft alleen nog tussen de spleetjes van haar vingers door te kijken.

Met moeite klautert Pietje weer op de spekgladde steen. Ze zet zich schrap. Voorzichtig buigt ze voorover en grijpt naar de ceintuur aan het handvat van de koffer. Mis! Hij kronkelt als een slang in de rivier. Opnieuw strekt ze haar arm uit.

'Pas nou op,' zegt de groene Priscilla.

Hebbes!

Opgelucht springt Pietje met de ceintuur van de steen op de kant. 'Kom!' Ze steekt de tak uit naar haar zus. 'Hou je hier maar aan vast!'

Priscilla slaakt wel honderd gilletjes, maar belandt veilig in het gras. Ze draait zich om en braakt op een struik.

'Jakkie!' Fliep zoekt dekking onder het eikenblad.

Het is toch maar goed dat Priscilla weinig heeft gegeten, denkt Pietje.

Nu moet ze de koffer nog op het droge zien te krijgen. Ze trekt aan de ceintuur, maar hij geeft geen millimeter mee. Dan probeert ze hem met de roeispaan los te wrikken. Kom nou, kom nou, denkt ze.

Ja! Hij schiet los en sleurt Pietje bijna weer de rivier in. Ze kan zich nog net op tijd aan een paar bosjes vastklemmen. Ho!

Een ruk. Trekken. Een, twee, hup.

Pfff. De koffer staat op de kant.

Pietje kijkt naar zichzelf en naar Priscilla en giert het dan uit. Wat een verzopen katten!

'Hoe kun je nou lachen?' zegt Priscilla nijdig.

'Zenuwen.' Pietje laat zich proestend op de grond zakken.

Priscilla zet Fliep in de schaduw van een varen. Hij schudt zich als een hondje droog.

Heet

Priscilla schept een handje water uit de rivier om haar mond te spoelen. Zodra ze haar eigen spiegelbeeld ziet, roept ze verschrikt: 'Ik zie er niet uit!'

'Maar we zijn wel lekker opgeschoten,' zegt Pietje. 'Als we dat hele stuk hadden moeten lopen, waren we een dag onderweg geweest.'

In de koffer zit een bodempje water. Pietje kiepert hem met snoepgoed en al leeg.

'Koek!' roept Fliep verrukt als er een doorweekte krakeling zijn kant op drijft.

'Snoepkont.' Pietje stalt alles uit op de grond, zodat het kan drogen. De zaklamp doet het gelukkig nog. Dan trapt ze haar schoenen uit en begint haar sokken uit te wringen.

Fliep doet een tukje, met zijn snoetje vol kruimels. Hij maakt smakkende geluidjes.

'Ah, volgens mij droomt hij van een koekjesfabriek,' zegt Priscilla.

Een uurtje later is alles en iedereen opgedroogd en lopen ze weer het bos in. Nou ja, bos is een groot woord voor het smalle reepje bomen. Binnen een paar minuten zijn ze erdoorheen.

'Zo hé!' Pietje houdt haar hand als een afdakje boven haar ogen tegen de felle zon. Ze kan minstens zeven mijlen ver kijken. Wat een enorme vlakte! En helemaal kaal, op een paar armetierige struikjes en wat cactussen na.

Dat wordt afzien, denkt ze.

De stenige grond is bedekt met een laagje korrelig zand dat onder hun schoenen knarst. Hagedisjes schieten langs hun voeten en verstoppen zich in spleten.

Ze lopen en lopen en lopen.

'Heet,' verzucht Priscilla. Haar hoofd lijkt steeds meer op een snelkookpan.

Ze stropen hun mouwen op en knopen hun jurken los. Maar Pietje voelt zich nog steeds net een ijsje dat smelt.

Fliep slaapt maar door, in de zak van Priscilla's jurk. De prinsessen zouden ook wel willen rusten, maar er is nergens een schaduwplekje te vinden.

'Dorst,' kreunt Priscilla.

Ook Pietjes mond is kurkdroog. Maar hoe komen ze aan water?

Een regendansje? Dat lukt nooit, er staat geen wolkje in de lucht.

Een cactus uitwringen? Nee, niet zonder handschoenen.

Terug naar de rivier lopen? Ze wordt al moe als ze eraan denkt.

Steunend strompelen ze verder.

'Hoor jij dat ook?' vraagt Priscilla ineens.

Kaboem, kaboem, kaboem.

Pietje vergeet even hoe moe ze is. Met ogen als spleetjes tuurt ze naar ze horizon. Daar verschijnt een donker stipje dat groeit.

Kaboem, kaboem.

Iemand op een paard! Ze zijn gered!

'Help, help! Hiero!' roept Pietje.

'Wazzizer?' vraagt Fliep, nog half bewuste-
loos.

'Er komt iemand aan!' Pietje springt op en
neer en zwaait met haar armen. 'Hierheen!
Oe-oi!'

Kaboem.

De ruiter heeft er flink de sokken in gezet.
Hij is nu zo dichtbij dat Pietje kan zien dat
het een man is. 'Hij heeft ons gezien,' zegt
ze opgewonden als hij zijn hand opsteekt.

Priscilla wuift met haar zakdoekje. 'Het is
vast een prins die ons komt redden.'

'Al was het de melkboer.' Pietje likt met
haar tong langs haar lippen. 'Als hij maar
iets te drinken bij zich heeft.'

De man stuurt zijn paard recht op hen af.
Hij draagt een krijtstreeppak.

'Ho maar.' Zodra hij aan de teugels trekt,
trapt het paard op de rem.

'Dames.' De man laat zich uit het zadel glijden en landt op zijn keurig gepoetste schoenen. 'Meneer de Vries,' stelt hij zich voor. 'Kan ik jullie helpen?'

'Water, alstublieft,' smeekt Priscilla.

Hij haalt een heupfles tevoorschijn en steekt haar die toe. Ze drinkt gulzig en geeft hem dan aan Pietje.

'Fliep ook drinkie, drinkie!' klinkt het uit Priscilla's zak.

Pietje schenkt water in het dopje van de fles en geeft het aan Fliep.

Meneer de Vries kijkt zeer geïnteresseerd toe. 'Is dat een nachtmannetje?'

'Ja meneer.' Priscilla knoopt gauw haar jurk dicht en probeert haar haren te fatsoeneren.

'En wij zijn prinsessen.'

Meneer de Vries fluit tussen zijn tanden door.

'Ik ben Priscilla en zij is Petronella.'

'Pietje,' zegt Pietje. 'We zijn op weg naar huis.'

'Ik geef jullie wel een lift.' Hij pakt de koffer en bindt hem met de ceintuur aan de zadelknop.

'We mogen van papa niet met vreemde mannen meegaan,' fluistert Priscilla in Pietjes oor.

'Dit is een noodgeval,' zegt Pietje.

Familie de Vries

Het paard loopt in een rustig drafje. Priscilla zit zo ongeveer bij meneer de Vries op schoot. Pietje heeft een plaatsje vooraan en moet haar benen in een rare kronkel leggen. Die rotkoffer hangt vreselijk in de weg en de zadelknop prikt in haar rug. Ze heeft Fliep van Priscilla overgenomen toen hij bijna werd geplet. Nu ligt hij op de paardenhals en houdt zich vast aan de manen. Pietje heeft haar jurk als een tentje over hem heen gelegd.

In de verte doemt een stad op. Pietje ziet een grote koepel en daken van huizen.

'Daar woon ik,' zegt meneer de Vries. 'Jullie kunnen bij mij uitrusten en op krachten komen. Dan reizen jullie morgen weer verder.'

Pietje vindt het allang best. Als ze maar van dat paard af kan.

Een half uurtje later rijden ze de stad binnen.

Wauw, ze moeten hier wel heel veel lakeien hebben! Nergens ligt troep, nog geen papiertje, en alles schittert en blinkt.

De huizen zijn allemaal even groot. Door de straten rijden geen koetsen, alleen maar auto's. Achter de ramen van kantoren flikkeren computerschermen en Pietje ziet mensen in telefoons praten.

Mooi. Die zijn vast niet van kauwgom.

Ze komen langs een park, waar nog geen

grassprietje verkeerd staat. De blaadjes aan de bomen lijken gekamd en de fontein spuit kaarsrechte waterstraaltjes omhoog.

Pietje wordt er een beetje iebel van.

'Hier is het.' Meneer de Vries stopt voor een garagedeur en helpt hen van het paard. Hij drukt op een knopje en de garage gaat zoevend open. 'Treed binnen.'

Hij verlost het paard van de koffer en stalt het dier bij wat hooi.

'Deze kant op.' Hij gaat hun voor door een poortje in de zijmuur. Ze komen in een piepklein tuintje met een terrasje waarop nog geen mosje groeit.

'Liefje, ik ben thuis!' roept meneer de Vries als hij de achterdeur van de woning openduwt.

Een vrouw met een bloemetjesschort komt hun met een stralende glimlach tegemoet.

Dat ze geen kramp in haar kaken krijgt, denkt Pietje.

'Ik ben mevrouw de Vries, maar jullie kunnen me tante Bep noemen. Wat gezellig dat jullie er zijn.'

Heeft ze op hen gerekend dan?

Priscilla geeft de vrouw een hand. 'Dag, mevrouw tante Bep. Ik ben Priscilla.'

'Prinsés Priscilla,' zegt meneer de Vries trots. 'En dat is Pietje, haar zus.'

'Twee prinsessen!' Bep kust haar man op beide wangen.

'En een nachtmannetje!' Hij gebaart naar Priscilla. 'Mag ze hem zien?'

'Ooo!' Bep kijkt naar de slapende Fliep alsof hij het winnende lot in de loterij is. Pietje krijgt ineens een akelig gevoel in haar buik.

Meneer de Vries stoot zijn vrouw aan en seint met zijn ogen.

'Jullie hebben vast honger,' zegt ze gauw. 'Ik heb een heerlijke stoofschotel in de oven staan.' Ze begint meteen de tafel te dekken. Met die eeuwige glimlach, alsof hij op haar gezicht zit vastgeplakt.

'Mag ik naar huis bellen?' vraagt Pietje.

'Straks.' Meneer de Vries tilt de koffer weer op. 'Ik laat jullie eerst de logeerkamer zien.'

Via de trap komen ze op de overloop. De deur van een kinderkamer staat open en Pietje ziet een mannetje met een bal spelen.

'Onze zoon,' zegt meneer de Vries. 'Keesje, kom eens gedag zeggen.'

Keesje is goed afgericht. Hij staat onmiddellijk op en geeft de prinsessen een handje.

Wat een gek kind! denkt Pietje. Het lijkt eerder een kabouter, maar dan zonder baard en puntmuts.

'Ruim je speelgoed maar op, dan kun je mama gaan helpen.' Meneer de Vries aait Keesje over zijn bol.

'Ja papa.' Keesje knikt braaf.

'En hier is jullie kamer.' Meneer de Vries legt de koffer op het bed. 'Jullie willen zeker wel douchen?'

De SOD

Tante Bep zet twee schalen met eten op tafel. 'De blauwe is voor ons, de gele voor jullie,' zegt ze tegen de prinsessen en Fliep.

'Wist u dan dat we kwamen?' vraagt Pietje toch nog een beetje wantrouwig.

Ze kan helaas niet zien of tante Bep een kleur krijgt. Speciaal voor Fliep zijn de gordijnen dichtgedaan, zodat ze in de schemering zitten. Alleen boven het aanrecht brandt een piepklein lampje.

'Wij zijn altíjd voorbereid op onverwachte eters,' zegt meneer de Vries. 'Onze stad heeft gastvrijheid hoog in het vaandel staan.'

Tante Bep schept op. 'Nou, smakelijk eten dan maar.'

Pietjes prikt met haar vork in de stoofschotel en denkt ineens aan giftige appeltjes.

'Oppassen,' zegt een stemmetje in haar

hoofd. Maar haar speekselklieren denken er heel anders over. Ze begint bijna te kwijlen. Het is ook al zo lang geleden dat ze normaal gegeten heeft.

Ze kijkt naar Priscilla en Fliep die hevig zitten te smakken zonder dood neer te vallen.

Vooruit dan maar. Een paar hapjes kan vast geen kwaad.

Mmm.

Voor ze er erg in heeft, is haar bord leeg.

Als iedereen klaar is, helpt Keesje zijn moeder met de afwas.

Is Pietje even blij dat ze thuis keukenmeisjes hebben! Ze gaapt. Haar oogleden worden zwaar. 'Mag ik nu naar huis bellen?'

'Ja hoor.' Meneer de Vries pakt de telefoon van de keukenkast.

Ik heb me voor niets druk gemaakt, denkt Pietje.

Maar dan zegt hij: 'Het spijt me, de batterij is leeg. Ik zal hem in de oplader zetten, dan kun je hem morgen gebruiken.'

Meteen is dat onbehaaglijke gevoel weer terug. 'Anders vragen we het wel even bij de buren, hè Pris?'

Maar Priscilla valt met haar hoofd op de tafel en maakt knorrende geluidjes.

'Fliep?'

Chips! Hij slaapt ook, terwijl het nacht lijkt in de keuken.

Hier klopt iets niet, denkt Pietje.

En dan gaat ook bij haar het licht uit.

Als Pietje wakker wordt, weet ze eventjes niet waar ze is.

Langzaam komt ze omhoog. Priscilla ligt naast haar en op de grond staat een schoenendoos met een slapende Fliep erin.

Ze is in de logeerkamer van familie de Vries!

Haar hoofd bonkt, alsof er onder haar schedel een mijnwerker aan de gang is. Wat frisse lucht zal haar goeddoen.

Ze schuift het gordijn open en morrelt aan

het raam. Chips, het lijkt wel dichtgelast. Ze rukt en rukt, maar er is geen beweging in te krijgen.

Bonk, bonk. Heipalen in haar hersens.

Ze legt haar voorhoofd tegen de koele ruit en staart naar buiten. Auto's rijden voorbij. Mensen haasten zich over de stoepen. Geen kabouters, heksen of tovenaars. Alleen maar gewone mensen in gewone kleren.

Een blauwe bestelbus met getraliede ramen parkeert voor het huis. SOD staat er in grote letters op de zijkant.

Er stappen twee kleerkasten van kerels uit. Ze dragen kogelvrije vesten en glimmende helmen. Een van hen heeft een soort vogelkooitje bij zich. Ze kijken omhoog en wijzen naar Pietje. Vier priemende ogen.

Ze voelt het in al haar botten: ze moeten hier weg!

'Priscilla!' gilt ze keihard.

Vanaf dat moment lijkt alles te gebeuren als in een snel afgedraaide film. Priscilla

komt geschrokken uit bed en stoot tegen de
schoenendoos.

'Helpie!' roept Fliep.

'Sorry.' Priscilla helpt hem uit zijn karton-
nen ledikantje.

Pietje trekt aan de klink, maar de slaap-
kamerdeur zit op slot. Ze bonst er met haar
vuisten op. 'Laat ons eruit!'

'Wat heb jij nou?' Priscilla friemelt zenuwachtig aan haar haren.

'Ze komen ons halen.' Pietje hijgt als een stoomlocomotief.

'Wie dan?'

'Kweeniet. Doe open!' krijst Pietje.

Dan valt ze bijna voorover, want de deur geeft ineens mee. Voor haar staan meneer en mevrouw de Vries met hun zoon Keesje. Als een muur.

'Waar is de brand?' vraagt tante Bep vriendelijk glimlachend.

'Die mannen...' Pietje begint plotseling te twijfelen. Heeft ze het zich dan toch verbeeld?

Maar dan denkt ze aan het raam en de deur die niet opengingen. Aan de stoofschotel in de gele schaal. Alleen Priscilla, Fliep en zij hebben ervan gegeten, en toen konden ze hun ogen niet meer openhouden. En dat terwijl nachtmannetjes 's nachts altijd klaarwakker zijn! Pietje weet ineens zeker dat die zogenaamde tante er een slaapmiddeltje in heeft gedaan. Maar waarom?

'WAAROM?' Ze hoort het zichzelf schreeuwen.

Tante Bep grijnst, haar gezicht splijt bijna in tweeën.

Tante Toverheks, denkt Pietje. 'Rennen!'

Priscilla blijft als een verbijsterd standbeeld staan. Alleen Fliep glipt tussen de benen van familie de Vries door.

'Grijp hem,' commandeert meneer de Vries.

Keesje holt ogenblikkelijk op zijn korte beentjes achter het nachtmannetje aan. Meneer en mevrouw de Vries volgen hun spruit.

Nu!

Pietje sleurt haar zus mee.

Maar ze komen niet ver. Tante Bep staat als een onverzettelijke rots in de weg.

'Linksom!' zegt Pietje.

Maar daar houdt meneer de Vries hen tegen.

'Helpie!' Fliep staat op bibberbeentjes in een lichtstraaltje dat door een raam naar binnen valt. 'Niet schiet.'

Meteen heeft Keesje hem te pakken.

'Niet knijp.' Fliep gilt hartverscheurend.

Priscilla verandert subiet in een wilde kat. 'Je mag hem geen pijn doen!' Ratsj! Ze krast met haar nagels over de wang van meneer de Vries. Rode druppeltjes piepen naar buiten.

Goed zo! Pietje geeft hem ook nog een schop tegen zijn enkel.

'Kreng!' brult hij.

Dan zijn ze er voorbij, op weg naar de gillende Fliep.

'Laat hem los!' Priscilla wil Keesje een draai om zijn oren geven, maar blijft dan stokstijf staan.

Boem, boem!

Stampende laarzen. Alsof er een leger de trap op komt.

Het zijn de mannen van de SOD-bus!

'Help ons,' zegt Priscilla.

Maar Pietje voelt aan haar water dat ze hen niet komen redden.

De mannen stormen de overloop op.

'Hou die meiden tegen,' roept meneer de Vries met een zakdoek tegen zijn wang.

Binnen een minuut zijn Priscilla en Pietje geboeid en zit Fliep in het vogelkooitje.

Mee!

'Goed werk.' Een van de gelaarsde mannen haalt een dikke portemonnee uit zijn broekzak en overhandigt meneer de Vries een stapel flappen.

'Je kunt me niet verkopen,' snauwt Pietje. 'Ik ben geen slaaf!'

Meneer de Vries stopt onaangedaan het geld weg. Pietje kan hem wel wurgen.

'En hier is hun koffer.' Tante Bep lacht gemeen.

De SOD-er die hem aanpakt, knikt. Dan begint hij Priscilla voor zich uit te duwen, de trap af. Ze huilt zonder geluid.

Rotvent! O, wat zou Pietje hem graag een klap verkopen. Maar de handboeien snijden in haar polsen als ze ook maar een haartje beweegt.

'Mee jij!' De man met het vogelkooitje geeft Pietje met zijn vrije hand een por.

Fliep ligt als een egeltje opgerold, met zijn
handjes voor zijn ogen. 'Niet schiet,' prevelt
hij zachtjes voor zich uit.

'Dierenbeulen,' gromt Pietje.

'Kop dicht,' zegt de man naast haar. 'Of wil je soms een prop in je mond?'

Ze zitten in de SOD-bus, achter het getraliede raampje, alsof ze gemene boeven zijn.

Pietje heeft met haar voet het vogelkooitje onder de bank geschoven, zodat Fliep in het pikdonker zit.

'Ik ben bang,' fluistert Priscilla.

'We krijgen die etterbakken nog wel.' Maar Pietjes hoofd bonkt nog steeds en ze laat van angst een windje.

Rustig blijven. Nadenken.

'Waar zouden ze ons naartoe brengen?' Ze staat op en zoekt steun tegen de achterwand van de wagen. Achter de tralies glijden gebouwen voorbij.

Bij een stoplicht staan ze even stil. Pietje heeft uitzicht op de etalage van een boekwinkel. Rekenboeken en aardrijkskundeboeken. Maar niet één spannende strip of een sprookjesboek met mooie plaatjes.

De chauffeur trekt op. Pietje moet zich schrap zetten om niet te vallen.

'Wat zou SOD eigenlijk betekenen?' vraagt Priscilla benauwd.

Pietje haalt haar schouders op. 'Stomme Oenige Drollen?'

Op Priscilla's gezicht verschijnt een voorzichtig lachje.

Na een kleine tien minuten stopt de bestelauto bij een koepelvormig gebouw met tralies voor de ramen.

'Het lijkt wel een gevangenis,' zegt Pietje.

Priscilla begint bijna weer te huilen. 'Maar we hebben niets gedaan.'

De motor zwijgt. Portieren die open- en weer dichtslaan. Stemmen.

'Twee prinsessen en een nachtmannetje. Mooie vangst.'

'Gemeld door De Vries. Hij heeft gisteravond gebeld.'

Dus de batterij van de telefoon was helemaal niet leeg! denkt Pietje pissig.

De bestelbus gaat open. 'Mee,' zegt de ene SOD-man.

De andere pakt de koffer en het kooitje met Fliep.

'Niet schiet!'

Dat is precies wat Pietje wel zou willen doen. Die rotzakken neermaaien en vluchten.

Maar de SOD-mannen flankeren hen als twee lijfwachten. Ontsnappen is onmogelijk.

Bij de ingang van het gebouw hangt een fleurig spandoek. *Welkom bij de SOD* staat erop.

Achter hen valt een hek dicht.

Nogal een fijn welkom! Pietje snuift.

'Wat gaan jullie met ons doen?' vraagt ze.

Maar de SOD-mannen zijn ineens hartstikke doof.

'Jullie kunnen toch wel zeggen wat SOD betekent?'

De mannen blijven stommetje spelen. Stelletje kleuters!

'Stomme Oenige Drollen, zeker?' zegt Pietje pesterig.

'Nee brutaaltje.' De SOD-mannen kijken elkaar even aan. 'Wij werken voor de Sprookjes Opruimings Dienst.'

Ze gaan hen vermoorden! Elk haartje in Pietjes nek gaat recht overeind staan en haar hersens klappen zowat uit elkaar. Niet janken, denkt ze. Vooral niet janken. Dat gunt ze die rotzakken niet.

Wassen en föhnen

Ze worden naar een balie gebracht. Een man en een vrouw komen toegesneld. De vrouw is bloedmooi, maar de man heeft een aapachtig gezicht.

De Schoonheid en het Beest, denkt Pietje.

'Welkom bij de SOD,' zegt de Schoonheid. 'Ik ben vandaag jullie persoonlijke begeleidster.' Ze kijkt erbij alsof ze een applausje verwacht.

Het Beest peutert zwijgend in zijn oor. Er groeien dikke zwarte haren uit. Hij bekijkt zijn vingers voordat hij ze aan zijn witte jasschort afveegt.

Getver!

'Neem jij de bagage even aan,' zegt de Schoonheid tegen hem.

De SOD-mannen geven hem de koffer, het kooitje en een bosje sleutels. Ze tikken tegen hun helmen en marcheren weg.

'Uitkleden, graag.' De Schoonheid plukt een pluisje van haar mantelpakje.

'Dat gaat nogal handig met die handboeien,' moppert Pietje.

De Schoonheid geeft het Beest een knikje.

'Maak ze maar los.'

Priscilla en Pietje schudden met hun armen tot het bloed weer begint te stromen. Dan trekken ze morrend hun sokken en schoenen en prinsessenjurken uit.

'Ondergoed ook.'

Priscilla wordt zo rood als een aardbei en staart naar haar teennagels.

'Ja doei! Ik ga niet in mijn blote kont staan!' Pietje spant al haar spieren voor het geval ze moet vechten.

'Doe deze maar om.' De Schoonheid geeft hun twee grote handdoeken.

'Wacht maar tot mijn vader dit hoort,' zegt Pietje, terwijl ze zich achter de handdoek uit haar onderbroek wurmt.

Priscilla levert haar slip en behaatje netjes opgevouwen in.

Pietje houdt haar onderbroek als een vlag voor de neus van het Beest. 'Hier.' Ze hoopt dat hij stinkt!

Het Beest geeft geen krimp. Het lijkt wel alsof hij niet kán praten.

De koffer en de kleren verhuizen naar een kar, waar nog meer spullen op liggen. Pietje ziet een glazen muiltje, toverstokjes, tovenaarsmantels, rode puntmutsen en een paar gestreepte kousen die haar vaag bekend voorkomen.

'Ik neem de meisjes mee,' zegt de Schoonheid tegen het Beest. 'Breng jij het nachtmannetje weg.'

'Wat gaan jullie met Fliep doen?' Priscilla's stem slaat over.

'Op de afdeling Huisdieren wordt goed voor hem gezorgd.'

Priscilla krimpt in elkaar als het Beest met het kooitje wegloopt.

'Wij gaan naar de doucheruimte.' De Schoonheid loopt als een reisleidster voorop.

Ze worden drie minuten onder een ijskoude sproeier gezet. We vriezen nog dood, denkt Pietje.

Maar dan zegt de Schoonheid vanachter het muurtje: 'Afdrogen.'

Ze krijgen onopvallende kleren aan, zoals gewone kinderen dragen.

Misschien gaan ze ons toch niet vermoorden, hoopt Pietje.

De Schoonheid brengt hen via een gang naar een reusachtig plein. Het is overdekt met een koepelvormig dak en zo rond als een circuspiste. Om het plein zijn drie verdiepingen met kamertjes en zalen gebouwd.

Pietje voelt zich een miertje onder een kaasstolp. Wat is het hier druk! Ze weet gewoon niet waar ze het eerst moet kijken.

Mensen in witte jasschorten lopen rond of zijn aan het werk. Apparaten brommen en snorren.

Een kapster knipt de baard van een jammerende kabouter. Witte vlokken dwarrelen naar zijn buik. Daarna scheert ze de stoppels van zijn kin.

Precies Keesje de Vries, denkt Pietje. Maar dan chagrijnig.

Verderop spuit iemand wolken parfum op een stinkend meisje. Ze is sprekend Assepoes, alleen is ze schoner. Pietje wordt duizelig van de zoete lucht.

Dan ziet ze een dikke vrouw in een tandartsstoel liggen. 'Hé!'

'Mevrouw de heks?' zegt Priscilla. 'Bent u het?'

De heks zwaait even en mompelt iets onverstaanbaars.

'Ze krijgt een kunstgebit,' zegt de Schoonheid terwijl ze verder lopen. 'Al haar tanden waren rot, de stank was niet te harden.'

'Ik heb nooit kiespijn, hoor,' zegt Pietje voor de zekerheid.

De hakken van de Schoonheid tikken driftig verder. 'Wij gaan niet naar de tandarts, maar naar de kapper.'

Priscilla's gezicht licht even op. Uiterlijke verzorging is haar hobby.

Maar Pietje vertrouwt het nog steeds voor geen meter. Ze zijn hier wel bij de Sprookjes Opruimings Dienst!

'Misschien worden we wel kaalgeschoren,' fluistert ze.

Priscilla houdt haar natte haar subiet vast alsof het een schat is.

Ze stoppen bij een tafeltje met scharen en kammen.

'Zij eerst,' zegt de Schoonheid tegen de kapper.

'Alleen maar föhnen, alstublieft,' piept Priscilla niet op haar gemak.

De kapper maakt twee vlechten in haar haren. Ze hangen als stijve touwtjes op haar rug.

'Ik lijk wel een kostschoolmeisje,' moppert Priscilla.

'Wat doen we met haar?' vraagt de kapper, terwijl hij naar Pietje wijst. 'Maar zo laten? Ze ziet er niet uit als een prinses.'

De Schoonheid knikt. 'Waren ze allemaal maar zo gemakkelijk.'

Makkelijk? denkt Pietje. Ze kijkt naar Priscilla die in de verste verte niet meer op een prinses lijkt.

En ineens valt het kwartje.

Natuurlijk, dat is het!

Bij de Sprookjes Opruimings Dienst willen ze wel degelijk alle sprookjes uitroeien. Ze vermoorden je niet, maar maken gewone mensen van je!

'Waarom willen jullie ons veranderen?' roept ze uit.

'Dat is beter voor iedereen,' antwoordt de Schoonheid.

Nou ja! Ze kunnen me wat, denkt Pietje. Al gaan ze op hun kop staan, ik ben en blijf gewoon Pietje Prinses!

Kaboutertjes bestaan niet

Met een lift worden ze naar de eerste verdieping gebracht.

'Dit is jullie kamer,' zegt de Schoonheid.

'Cel, bedoel je.' Pietje kijkt nijdig naar het stapelbed en de emmer met een wc-rol ernaast.

Aan het hoge plafond hangt een tl-balk met een soort kooitje eromheen ter bescherming.

'Straks wordt er eten gebracht en vanaf morgen nemen jullie deel aan het heropvoedingsprogramma.' De Schoonheid doet de deur achter hen dicht. De sleutel knarst in het slot. Krrr, krrr.

Het geluid gaat Pietje door merg en been.

Priscilla gaat op het bed zitten huilen. 'We komen hier nooit meer weg.'

'Heus wel.' Pietje slaat haar arm om de schouder van haar zus. 'Ik verzin wel een plannetje.'

Maar het lijkt of haar hoofd vol scherven zit. Ze mist haar vader en moeder, haar elektrische stepje en haar paard Sneeuwvlok. Had ze die rotkoffer maar nooit gevonden!

De volgende ochtend krijgen ze pap en koude thee. Dan haalt de Schoonheid hen op en neemt hen mee naar de volgende ring. Ze komen langs een aantal klaslokalen.

Pietje tuurt over de reling. Alleen met een parachute kun je zonder ongelukken naar beneden springen. De enige uitweg is via de lift, en daar staat een boom van een bewaker.

'Dit is jullie groep.' De Schoonheid houdt de deur voor hen open. 'Doe je best.'

Voor de klas staat een juf met een aanwijsstok. Ze wijst naar de letters op het schoolbord. 'Zeg mij na: kaboutertjes bestaan niet!'

Alle leerlingen brullen haar braaf na.

Wat een onzin, denkt Pietje.

Als het stil is, wijst de juf naar twee plaatsen vooraan. 'Ga daar maar zitten. Jullie zijn net op tijd voor de uitzending van de schooltelevisie.'

Ze loopt naar een tv-toestel dat aan een uitschuifbare arm aan de muur hangt en zet het aan.

Op het scherm verschijnen beelden van een stad. Huizen en paddestoelen. Een kasteeltje in een park. Een fontein spuit drie kleuren water en overal groeien rozen. Mensen en sprookjesfiguren wandelen over de paden en praten met elkaar. Koetsen en auto's rijden door de straten. In de etalage van de supermarkt liggen afgeprijsde bloemkolen en toverstafjes gewoon naast elkaar.

'Zo was het eerst,' zegt een stem.

Niks mis mee, denkt Pietje.

'Maar in deze ogenschijnlijk mooie stad loerde het gevaar.'

Spannende muziek dreunt door het lokaal. De camera zoomt in op een lelijke vrouw met een wrat op haar neus.

'Greta de heks maakte het duidelijk: sprookjesfiguren zijn niet te vertrouwen.'

'Nou ja!' roept Pietje verontwaardigd.

'Stilte,' snauwt de juf.

Op het scherm is een krakkemikkig huisje te zien met een kraai op het dak.

'Hier woonde Greta.'

De camera draait naar rechts tot een villa het scherm vult.

'En dit was het huis van haar buurman Leopold.'

Greta en Leopold komen naar buiten en beginnen over de schutting tegen elkaar te schreeuwen. Je ziet alleen hun monden bewegen.

'Ze hadden vaak ruzie,' zegt de vertellersstem. 'Zo ook op die zwarte dag...'

Keiharde muziek knalt de klas in, en sterft vervolgens weer weg.

'Leopold had zijn radio te hard aanstaan, vond Greta. Een kleinigheid die enorme gevolgen zou hebben. Greta stak haar hand uit, en flatsj!'

Het televisiescherm wordt even zwart. 'Ze had haar buurman omgetoverd in een pad.'

Pietje begint er plezier in te krijgen en grinnikt. 'Opvliegende heks, die Greta.'

Een enorme pad die klokkende geluidjes

maakt, vult het beeld. *Dat kunnen sprookjes-figuren dus met je doen!* staat er in knalrode letters overheen.

Pietje lacht meteen niet meer. Wat oneerlijk! Ze kent die stomme heks niet eens.

Pats: een plaatje van Greta in een cel.

'Natuurlijk moest dit gestraft worden, maar was dat genoeg?' gaat de stem verder. 'Vele mensen vroegen het zich af...'

Marsmuziek. Beelden van muren met affiches ertegen geplakt:

Zijn gewone mensen nog wel veilig? Kunt u uw buurvrouw nog wel vertrouwen? Sprookjesfiguren nemen de macht over.

'En ze kregen gelijk!'

De camera zwenkt omhoog, naar de blauwe lucht, waar een heks op een bezemsteel rondcirkelt.

'Greta's zus zon op wraak. Ze vloog boven de gevangenis en liet een met toverstof gevuld drakenei naar beneden vallen.'

De boxen van de tv knallen. BOEM!

Rook vult het scherm. Als het is opge-klaard, ziet Pietje een koepelvormig dak met een gat erin.

'Dat is hier,' fluistert ze.

'Een bewaker werd geraakt door rondvlie-gend puin,' vervolgt de filmstem.

Een man in witte zwachtels kijkt zielig de zaal in. 'Zie je wel?' zegt hij. 'De affiches hadden gelijk.'

Het gezicht van de man verandert in dat van de vrouw met de vertelstem. 'Wilt u dat zoiets gebeurt? Nee, toch zeker? Werk daar-om mee aan onze nieuwe toekomst.'

Zo is het nu, staat er in stijve letters.

Weer stadsbeelden. Deze komen Pietje wél heel bekend voor.

'Door de nieuwe regels is onze stad weer een veilig oord voor iedereen. Sprookjesboe-ken zijn verboden. Supermarkten verkopen alleen nog sprookjesvrije artikelen. Koetsen zijn uit het straatbeeld verdwenen, er rijden alleen nog auto's rond.'

'Lekker saai,' gromt Pietje.

De film besluit met een paar interviewtjes met gewone mensen.

'Nu de stad weer van ons is, heb ik niets meer te vrezen,' zegt een vrouw. 'En dat is een enorme opluchting.'

'Het was geen probleem om me aan te passen.' Een kabouter zonder baard en muts blikt de klas in. 'Ik heb nu lieve ouders en mooi speelgoed.'

'Dat is Keesje de Vries.' Pietje maakt een vuist. 'Waarom laten die sprookjesfiguren zoiets gebeuren?'

'Ik snap het best. Ze zijn natuurlijk bang,' fluistert Priscilla. 'Stel je voor dat er telkens iemand in je buurt verdwijnt en je weet niet waarnaartoe.' Ze rilt al bij het idee.

'Stilte, zei ik.' De ogen van de juf schieten vuur.

De aftiteling verschijnt en de tv gaat uit.

'Wat een stom programma,' zegt Pietje. 'Sneeuwwitje is veel leuker.'

'Dat soort films worden niet meer vertoond,' antwoordt de juf. 'Daar slaat je fantasie maar van op hol. Je zult je voortaan aan onze nieuwe regels moeten houden.'

'Never nooit niet!' Pietje stampt op de grond. 'Ik laat me niet in een gewoon mens veranderen!'

De juf haalt haar schouders op. 'Je moet het zelf weten, meisje. Maar dan zit je hier over tien jaar nog.'

Het plan

Het is alsof Pietjes hoofd vol watten zit. De juf is al een uur aan het woord. 'Toverstokken zijn gevaarlijke wapens en moeten vernietigd worden...'

Blablabla.

Dan gaat eindelijk de zoemer.

'Speelkwartier,' zegt de juf.

Ze worden naar een zaaltje gebracht waar ook de leerlingen van de andere klassen zijn.

Tegen de muur leunt een man met zoenlippen.

'Prins Tsjarming!' roepen Pietje en Priscilla verbaasd.

'Jullie ook al.' Hij kijkt sip. 'Het is hier afschuwelijk, ik mag niemand meer kussen.'

Een geluk bij een ongeluk, denkt Pietje.

'En ze noemen me meneer Jansen.'

'U blijft een echte prins, hoor.' Priscilla

geeft hem een troostend kneepje in zijn schouder.

'Straks zeggen ze nog dat wij de zusjes de Boer zijn.' Pietje zet haar handen in haar zij. 'We moeten ontsnappen.'

'Dat lukt nooit.' Prins Tsjarming zucht. 'De enige uitgang is via de lift, maar die wordt goed bewaakt. En dan moet je beneden nog die hele gang door... Trouwens, alles zit op slot.'

'En door een raam?' vraagt Pietje.

'De ramen in de koepel zijn de enige zonder tralies. Maar daar kun je onmogelijk bij. Tenzij je kunt vliegen.'

Vliegen!

Pietje kan niet meer stilstaan. 'Weet je waar ze onze spullen bewaren?'

'In een opslagruimte beneden,' antwoordt de prins. 'Naast de wasserette.'

'Dan moet ik daar zien te komen!' roept Pietje, net iets te hard.

'Ssst.' De prins legt zijn vinger tegen zijn zoenlippen. 'De muren hebben hier oren.'

Priscilla kijkt angstig rond.

'Ik heb gehoord dat ze elke dag de was ophalen,' fluistert prins Tsjarming dan. 'Met zo'n karretje. Ik ben te groot, maar jij zou je erin kunnen verstoppen.'

Pietjes ogen beginnen te schitteren. Priscilla schuifelt zenuwachtig met haar voeten.

'Alleen moet je wel eerst uit je cel ontsnappen.'

Pietje denkt aan alle misdaadfilms die ze heeft gezien.

Een tunnel graven? Nee, dat duurt veel te lang. Bovendien zitten ze op de tweede verdieping.

Met een bom een gat in de muur blazen? Maar hoe komt ze aan dynamiet? En stel je voor dat er iemand gewond raakt.

Dan ziet ze de dozenberg in het torenkamertje weer voor zich. Toen ze daarbovenop zat, kon niemand haar zien. Ze had zó een grapje met haar moeder kunnen uithalen.

'Ik weet het!' zegt ze.

'Je gaat geen stomme dingen doen, hoor,' waarschuwt Priscilla.

'Luister nou maar.' Pietje buigt zich voorover en begint zachtjes te praten.

De grote verdwijntruc

De volgende dagen bereiden Pietje en Priscilla het ontsnappingsplan tot in de puntjes voor.

Pietje pikt een elastiekje en pen uit de klas en fabriceert er een katapult van.

Van de maaltijden die ze krijgen, eten ze maar de helft. Van de rest rolt Priscilla balletjes, die ze in haar kussensloop verstopt. Ondertussen praat ze de hele tijd over Fliep.

'Straks is hij vrij,' belooft Pietje als ze voor de zoveelste keer aan haar gymnastiekoefening begint. Ze wil minstens een uur zonder kramp aan de tralies rondom de lamp aan het plafond kunnen hangen.

Na een week is het zover.

'Tijd voor de grote verdwijntruc,' zegt Pietje.

Om acht uur 's ochtends wordt de was opgehaald.

Om kwart voor acht breekt Pietje het ruitje boven hun bed. Priscilla propt een laken tussen de tralies door en knoopt het uiteinde eraan vast.

Pietje steekt de katapult in haar broekband. De sloop met balletjes gaat onder haar bloes. Ze zijn opgedroogd, en zo hard als knikkers. Als het nodig is, kan ze er iemand een blauw oog mee te schieten.

Dan schuiven ze samen het stapelbed onder de lamp en klimmen op het bovenste matras. Priscilla gaat wijdbeens staan en maakt een opstapje van haar handen. Pietje zet haar ene voet erop. Ze zoekt steun bij de smalle schouders van haar zus tot ze rechtop staat en rekt zich zo ver mogelijk uit.

'Hebbes.' Hijgend trekt ze zich op aan de tralies rondom de lamp. Ze slingert heen en weer en gooit haar benen in de lucht. Yes! Ze weet haar voeten om de spijlen te klemmen. Nu hangt ze ondersteboven aan

het plafond, als een luiaard in een boom.

Priscilla springt van het bed en schuift het terug op zijn plaats. 'Succes!'

Dan begint het wachten.

Kom nou, kom nou. Pietjes handen branden en haar kleine teen kriebelt. Elke seconde lijkt minstens een uur te duren.

Dan, eindelijk, horen ze een sleutel in het slot.

'Vuile was inleveren,' zegt de vrouw van de huishoudelijke dienst.

Als ze nou maar niet naar boven kijkt! Pietje houdt haar adem in.

Dan ziet de vrouw het kapotte raam en het laken dat als een vluchtladder naar buiten hangt. 'Waar is die andere meid?'

Priscilla zwijgt en bloost.

Gevloek. De vrouw pakt Priscilla bij haar pols en rent door de openstaande deur naar de galerij om hulp te halen.

De kust is vrij!

Pietje laat eerst haar benen zakken, zodat ze recht naar beneden hangt. Een, twee... Ze laat los en springt op de vloer. Haar benen doen zeer van de klap.

Niet op letten, rennen! Ze holt naar het

waskarretje bij de deur en duikt erin. Ploef. Ze landt op het zachte wasgoed en trekt meteen een hoop kleren en lakens over zich heen. Haar hart bonkt als een gek en ze stikt bijna. Ze bijt op haar hand om haar gierende ademhaling te smoren.

Voetstappen. Boze stemmen. De klap van een deur die dichtslaat.

'Doorzoek de galerij. Jij, naar beneden.'

De waskar begint te bewegen.

Pling. Pietje hoort liftdeuren opengaan. De bewaker mompelt iets. Als hij maar niet in de kar kijkt! Ze probeert zo stil als een muisje te blijven zitten.

Een schokje. Dan gaan de liftdeuren weer open.

De kar wordt naar buiten geduwd. Pietje hoort geroezemoes.

'Het wasgoed wordt met de dag zwaarder,' zegt de vrouw van de huishoudelijke dienst.

Pietje probeert zich zo licht als een veertje te denken. Rij nou door!

De wieltjes piepen. De kar blijft maar bewegen. Hoe ver is het wel niet naar de wasserette?

'Zet hier maar weg.'

Een botsing tegen een andere kar.

'Wat een drukte daar boven,' zegt een
man.

'Er is er eentje ontsnapt.'

Dan hoort Pietje niets meer. Ze wacht vijf
minuten en steekt dan heel voorzichtig haar
hoofd boven het wasgoed uit. Ze gluurt over
de rand van de kar.

Pfff, geen kip te bekennen. Ze kan eruit
klimmen.

Nu de koffer nog!

Brand!

In het kamertje staan nog meer karren met wasgoed. Pietje zoekt net zo lang tot ze een witte jasschort heeft gevonden en trekt hem aan. De perfecte vermomming.

Ze propt haar zakken vol knikkers en houdt de katapult schietklaar.

Diep ademhalen... Actie!

Ze verlaat het kamertje en slaat links af. Volgens prins Tsjarming moet achter die grijze deur de vliegende koffer liggen.

Nog zeven stappen. Nog zes.

Een meisje in net zo'n jasschort kijkt haar even aan.

Pietje verbergt de katapult achter haar rug. Doorlopen. Net doen of haar neus bloedt. Ze is gewoon een heel jonge medewerker van de SOD.

Gelukkig. Het meisje reageert niet.

Nog vijf stappen, nog vier.

De deur van de opslagruimte zwaait open.

Het is alsof Pietjes hart naar haar keel wordt gelanceerd.

Het is het Beest en hij kan wel degelijk praten. 'Wat doe jij hier?' schreeuwt hij.

Met zijn vuist drukt hij een knop op de muur in.

Oeioeioei! loeit een alarm.

Pietjes benen veranderen in gummi.

Uit het niets verschijnen SOD-mannen met helmen en vreemd uitziende geweren. Met hun vingers aan de trekker rennen ze op Pietje af.

'Sta stil of ik schiet!'

De katapult is ineens een lachertje. Pietje laat hem vallen. Wanhopig schept ze handenvol knikkers uit haar zakken en smijt ze op de vloer. Ze rollen op de naderende SOD-mannen af.

'Ho!' roept de voorste. Maar hij begint al te schuiven en sleurt de andere mannen mee in zijn val. Meteen gaan er geweren af.

Vurige ballen schieten naar het plafond.
Glas rinkelt en er vliegt iets in brand.

'Help!' schreeuwt iemand op de bovenste
verdieping.

Priscilla, denkt Pietje ongerust.

Weer flitst er licht uit een geweer.

Ze duikt opzij. Net op tijd! Een vuurbal
schiet rakelings langs haar hoofd.

Knal! De wasserette staat onmiddellijk in lichterlaaie. Enorme vlammen likken langs het plafond.

Een rookmelder gaat af en het begint zachtjes te regenen. Maar het bluswater is niet opgewassen tegen het felle vuur. Een zwarte rooklucht drijft de koepel in.

De SOD-mannen krabbelen overeind.

'Naar achteren!' roept er eentje.

Iedereen deinst achteruit en gaat zo ver mogelijk van het vuur vandaan staan.

Pietjes ogen prikken en ze kan niet stoppen met hoesten. Het wasgoed brandt als een fakkel en de vlammen slaan over naar de gang ernaast.

'Naar buiten!' Het Beest let niet meer op Pietje en zet het op een lopen. Hij kan nog net de gang in schieten. Dan dondert er een brandende balk achter hem omlaag.

'Nee!' roepen een paar mensen.

De enige uitweg is versperd. Ze zitten als ratten in de val.

Het vuur brult als een hongerig dier. Zowel boven als beneden.

'Doe iets!' jammert een meisje. Naast haar staat een rijzige gestalte met lange grijze haren. Een tovenaar. Pietje weet het zeker. Hadden ze zijn toverstaf maar niet afgepakt, dan had hij het vuur vast wel kunnen blussen. O, wat haat ze de SOD!

Lamgeslagen staart ze door de openstaande deur van de opslagruimte. Daar ligt de koffer die hen had moeten redden. Het vuur heeft de tussenmuur al aangetast. Nog even en hij valt om. Boven op de kaboutermutsen, de toverstokjes, de…

TOVERSTOKJES! Het is of haar hersens uit elkaar klappen.

Waarom heeft ze dat niet eerder bedacht? Ze is al net zo'n sufkees als Fliep!

Kom op, oen. Opschieten!

De hitte slaat haar tegemoet. Ze voelt de tranen over haar wangen druppen en haar longen lijken van schuurpapier. Half op de tast vindt ze de deuropening. Ze strompelt naar binnen en valt op haar knieën. Verdwaasd voelt ze in de berg toverspullen. Een muiltje, iets zachts, en dan een stok. Ze klemt er haar vingers omheen en staat op. Met de jasschort voor haar gezicht wankelt ze naar buiten.

Waar is die tovenaar nou?

Een magere hand pakt haar arm vast. 'Geef maar, meisje.'

Hij steekt de staf in de lucht en tekent achtjes in de lucht. Ondertussen prevelt hij woorden in een vreemde taal. De rook trekt op en het wordt ijskoud in de koepel.

Pietje rilt. Het lijkt de noordpool wel. Met grote ogen kijkt ze naar het vuur. De vlammen bewegen niet langer. Ze zijn bevroren!

Ze legt haar hoofd in haar nek en staart naar de bovenste verdieping. Ook oranje ijspegels.

Priscilla is veilig!

Iedereen is doodstil. Alleen de tovenaar praat maar door.

Dan klinkt er geknisper, harder en harder, gevolgd door een luid gekraak. Er komen scheurtjes in het vuurijs, steeds meer, tot het met een knal uit elkaar spat. Vanaf de bovenste ring regent het hagelstenen.

Iedereen duikt op de grond en beschermt zijn gezicht. Alleen Pietje en de tovenaar staan nog rechtop, terwijl de splinters ijs om hen heen vliegen. Niet eentje raakt hen, alsof ze in een magische zeepbel staan.

Tikketikketikketik. Oorverdovend.

Tok! Het laatste stukje ijs landt op de vloer. Dan is het over.

Het wordt weer warmer. Op de grond verschijnen plasjes water.

Iemand begint te klappen en te juichen. Nog iemand, en nog iemand. Tot het in de hele koepel galmt. De tovenaar zakt uitgeput op de grond, met de toverstaf in zijn schoot.

Kaboutertjes bestaan wél!

Een heks gaat als eerste de opslagruimte binnen en haalt een beduimeld toverboek uit de hoop. Dan volgen ook de andere sprookjesfiguren. Een prinses pakt haar glazen muiltje, een kabouter zijn puntmuts en een fee haar toverstokje.

'Hou ze tegen,' roept iemand in een beroet mantelpakje. Het is de Schoonheid en ze

kijkt nerveus. 'Sprookjesfiguren met tover-stokken zijn levensgevaarlijk.'

Pietje briest als een paard. 'En gewone mensen met geweren niet zeker?'

'Ze heeft gelijk.' Een man in een witte jas duwt de Schoonheid opzij. 'Ik doe niet meer mee. Als die tovenaar ons niet gered had...' Hij roept naar het personeel op de tweede ring. 'Bevrijd iedereen!'

Goed zo! Nu Fliep nog! Pietje trekt een SOD-man aan zijn mouw. 'Waar zitten de nachtmannetjes?'

Hij loopt met haar mee naar een kamer met kooien. Er hangt een bange-beesten-lucht.

'Fliep!' roept Pietje.

'Helpie,' klinkt een klein stemmetje.

Ze schrikt van zijn magere toetje achter de tralies. 'Rustig maar, ik haal je eruit.'

De SOD-man opent met zijn sleutelbos alle deurtjes. Algauw krioelen kleine wezens rondom Pietjes voeten. Nachtmannetjes, maar ook elfen met puntige oortjes, pratende konijnen en een kat die naar zijn laarzen vraagt.

'In de opslagruimte,' zegt Pietje. Ze loopt voorop, met Fliep in haar zak.

Als ze in de koepel komen, ziet ze iedereen naar boven kijken.

'Piet!' Priscilla hangt over de reling. 'Help! De lift doet het niet meer.'

Alles is goed met haar zus! Pietje zingt het bijna: 'Ik kom je wel halen.'

Pietje sleept de koffer naar het midden van het plein. Ze maakt hem open en gaat erin zitten. Knopje zoeken. Baf! De vleugels springen uit de zijkant en lichten op. De koffer stijgt op en vliegt broemend in het rond.

'Ik wil naar boven, hoor,' zegt Pietje.

Zijn neus wipt omhoog en raast op het plafond af.

'Piet!' gilt Priscilla.

Stop! denkt Pietje.

Ogenblikkelijk hangt de koffer stil, vlak tegen het dak. Pietjes stekelharen raken het plafond. 'Ik weet niet hoe ik moet sturen,' zegt ze benauwd.

'Hallo!' klinkt het van beneden.

Pietje buigt voorover en kijkt naar de minimensjes op het plein. De tovenaar is op een stoel gaan staan en houdt zijn handen als een toeter om zijn mond. 'Je moet hem met je gedachten sturen. Hij doet precies wat je denkt.'

Had ze dat maar eerder geweten!

Zakken, denkt ze.

Zoefff!

Langzaam! Pietje klemt zich vast aan de rand. En nu heel voorzichtig landen op de tweede verdieping.

De koffer vliegt over de reling en raakt zachtjes de grond. Pietje krijgt applaus.

'Instappen,' zegt ze. 'Priscilla eerst. En dan prins Tsjarming.'

Ze brengt iedereen een voor een naar beneden. Nu ze eenmaal weet hoe de koffer werkt, is het niet zo moeilijk meer. Misschien wordt ze later wel piloot.

Als iedereen veilig op de begane grond staat, verlaten ze in een lange stoet het gebouw. De tovenaar haalt het spandoek

boven de ingang omlaag. Onder luid gejoel scheuren een paar elfen het kapot.

Pietje heeft het gevoel dat ze minstens een oorlog heeft gewonnen.

Zingend trekken ze door de stad. Gordijnen gaan opzij en mensen komen naar buiten om naar de optocht te kijken. Sommigen zijn bang, anderen stomverbaasd.

Priscilla zwaait als een volleerde prinses naar iedereen.

Pietje roept 'hoi' en steekt haar duim op.

Feetjes toveren paddestoelhuisjes in de tuinen. Een heks leest een spreuk uit haar toverboek voor, en – ploep! – de fontein in het park spuit ineens in drie kleuren. Een tovenaar laat het bloemen regenen en algauw zien de straten roze.

Een meisje langs de kant trekt opgewonden aan het schort van haar moeder. 'Kijk, een kabouter met een puntmuts!'

'Doe niet zo dom,' zegt haar moeder. 'Die bestaan niet.'

'Echt wel!' Pietje zet er eentje op haar schouder. 'Je bent toch niet blind? Kaboutertjes bestaan wél!'

De anderen nemen haar kreet over. Het geluid vult de hele stad. 'Kaboutertjes bestaan wél!'

Weer thuis

Een paar uur later staan ze met de koffer in het park.

Priscilla knuffelt Fliep bijna fijn. 'Dag liefie. Prins Tsjarming zal je veilig naar je broertjes terugbrengen.'

'Koek?' vraagt het nachtmannetje klagend.

Pietje vist een overgebleven knikker uit haar zak. 'Sabbel hier maar op.' Dan geeft ze Fliep aan de prins, die in zijn flonkerende pak op een paard zit.

'Mag ik jullie ten afscheid zoenen?' vraagt hij.

Priscilla houdt hem haar wang voor. Smak!

'Misschien wil die prinses wel een lift,' zegt Pietje snel. Ze knikt naar een meisje dat verloren in het gras zit.

'Ik ga het meteen vragen.' Hij keert zijn paard.

Mooi zo, denkt Pietje. Ze kruipt in de koffer en roept haar zus. 'We gaan naar huis.'
Priscilla aarzelt heel even. 'Je weet zeker
dat je hem kunt besturen?'
'Ja-ha,' antwoordt Pietje.

Ze vliegen over de zwarte Heksenheuvel en het Grote Grombos. Na een poos komen de groene velden in zicht.

'We zijn er bijna,' zingt Pietje.

Priscilla geeft haar een por. 'Hou je aandacht alsjeblieft bij het verkeer.'

'Sneeuwvlok, joe-hoe!' roept Pietje naar haar paard. En dan zweven ze op het torenkamertje af.

Chips, het raam is dicht!

Ho! denkt Pietje. Linksaf. Ze maken een rondje om de toren en zakken dan voor de paleispoort naar de grond. 'Zachte landing graag,' zegt Pietje in gedachten.

Ploef! Een klik en de vleugeltjes klappen in. Ze zijn weer thuis.

Het is alsof de koning en de koningin achter het raam hebben zitten wachten. Ze stormen naar buiten en omhelzen de prinsessen.

'Waar waren jullie toch?' De koningin heeft rode vlekken in haar hals.

'Per ongeluk weggevlogen.' Pietje laat de koffer zien. 'Hij lag in het torenkamertje.'

'Niet voor niks. We hadden hem expres goed verstopt.' De koning ziet witjes. 'Jullie hadden wel kunnen neerstorten.'

'Ik kan het hartstikke goed,' zegt Pietje trots. 'Ik zou zo piloot kunnen worden.'

'Blijf jij nou maar gewoon op je stepje rijden.' De koningin slaat een arm om haar heen.

Ze is de kapotte muur vast vergeten, denkt Pietje. Misschien krijg ik dan toch wel een motor als ik achttien ben!